ESTE LIBRO PERTENECE A:

Disney

FROZEN

APRENDE A LEER

ELSA Y LA MAGIA DE SER HERMANAS

cliper

Papel certificado por el Forest Stewardship Council®

MIXTO
Papel | Apoyando la silvicultura responsable
FSC® C117695

Penguin Random House Grupo Editorial

Primera edición: febrero de 2026

Travessera de Gràcia, 47-49. 08021 Barcelona
Edición y adaptación de los textos de Inés Masip.

Printed in Spain – Impreso en España

ISBN: 978-84-19487-59-9
Depósito legal: B-21361-2025

Diseño de colección y maquetación por Rebeca Podio

Impreso en Talleres Gráficos Soler S.A.
Esplugues de Llobregat (Barcelona)

DS 8 7 5 9 9

CARTA PARA LAS FAMILIAS

Aprende a leer con MAYÚSCULAS es una nueva colección de libros especialmente concebida para fomentar la lectura autónoma en lectores a partir de 5 años.

En la colección se incluyen historias de los personajes más conocidos de Disney, como en este caso **ELSA**, lo cual resulta ideal para que los pequeños lectores practiquen la lectura y pasen un rato entretenido.

Cada historia está escrita con frases breves, vocabulario sencillo, **en letra mayúscula y con texto rimado** y se apoya en grandes ilustraciones que hacen la lectura más amena.

Después de la historia se incluye un recopilatorio de algunas de las palabras utilizadas y también un par de páginas con actividades educativas.

CONVIENE RESALTAR ESTOS PUNTOS CLAVE:

1. LETRA MAYÚSCULA

La letra mayúscula facilita el reconocimiento visual de las palabras: las formas son más simples y claras para los niños que se inician en la lectura, **evita confusiones comunes** entre letras parecidas (b/d, p/q) y **refuerza la confianza lectora** en los primeros aprendizajes.

2. TEXTO RIMADO

La **rima y el ritmo del verso** convierte la lectura en una **experiencia lúdica y motivadora**, invitando al niño a anticipar sonidos y palabras.

3. APRENDIZAJE DE VOCABULARIO VISUAL

El libro **resalta en otro color dos palabras por página**, lo que **ayuda a focalizar la atención** y facilita la **adquisición de nuevo vocabulario**.

4. ACTIVIDADES FINALES

Las páginas finales ofrecen **actividades educativas de refuerzo** (identificar figuras, tamaños, colores, etc.), que **consolidan el aprendizaje por asociación y observación**.

Todas estas propuestas fomentan la autonomía, la observación y la relación entre palabra e imagen, ampliando el aprendizaje más allá del texto.

ANNA Y ELSA HAN SALIDO FUERA
Y JUEGAN AL **ESCONDITE** DE MARAVILLA.
ANNA SE ESCONDE LO MEJOR QUE PUEDE
Y, ESTA VEZ, ELSA ES LA QUE PILLA.

A LAS DOS LES ENCANTAN LOS **ARBUSTOS**
QUE HAY POR TODO EL JARDÍN,
PORQUE TIENEN FORMAS DE **ANIMALES**
DONDE PUEDEN ESCONDERSE SIN FIN.

AL PRINCIPIO **ELSA** BUSCA Y BUSCA
PERO NO VE A ANNA POR NINGÚN LADO.
LUEGO VE UN **OSO** CON SEIS PIES...
Y GRITA: ¡YA TE HE ENCONTRADO!

A ANNA Y A ELSA LES GUSTA EL **VERANO**
PORQUE HACE CALOR Y NADA SE MUEVE.
AUNQUE LO QUE MÁS LES GUSTA
ES HACER **MUÑECOS** DE NIEVE.

Y COMO EN VERANO NO HAY **NIEVE**,
A ANNA SE LE OCURRE OTRA OPCIÓN:

TIRARLE A ELSA LAS BOLAS
QUE HACE CON SU **IMAGINACIÓN**.

PERO ELSA TIENE UNA IDEA MEJOR:
COMPARTIR SU **SECRETO** CON ANNA.

ASÍ QUE MUEVE LAS MANOS Y...
¡PUM! ¡LE TIRA NIEVE A SU **HERMANA**!

– ¡AHÍ VA, ELSA, QUÉ GRACIA!
DICE ANNA CON EMOCIÓN.
LAS **MANOS** DE ELSA HACEN MAGIA
Y LLENAN LA TARDE DE DIVERSIÓN.

—¡HAREMOS UN **MUÑECO** DE NIEVE AHORA MISMO! Y TODO GRACIAS A TUS **PODERES**.

GRITA ANNA CON OPTIMISMO.

ANNA LE PREGUNTA A ELSA
SI HACER MAGIA LE **DUELE** O LE CUESTA.
ELSA LE CONTESTA QUE NOTA UN **HORMIGUEO**,
PERO NO LE MOLESTA.

–¿Y PODRÉ HACER **MAGIA** YO TAMBIÉN? ANNA SE LO EMPIEZA A PREGUNTAR.

Y ELSA LE DICE: —¿Y POR QUÉ NO?
LO TENDREMOS QUE **AVERIGUAR**...

PRIMERO, ANNA INTENTA HACER **FUEGO**
CON SUS PROPIAS MANITAS
Y AUNQUE SE ESFUERZA MUCHO
NO ENCIENDE NI UNA **CHISPITA**.

LUEGO VA A **HABLAR** CON LOS ANIMALES
Y LO INTENTA CON MUCHO BRÍO

PERO NO CONSIGUE QUE LE DEVUELVAN NI UN SOLO **PÍO-PÍO**.

SI HAY ALGO QUE A ANNA SE LE DA **BIEN** ES HACER QUE LOS DULCES DESAPAREZCAN.

COGE UN TROZO DE **TARTA**, SE LO COME Y...

¡TARÁAA!

¡YA NO QUEDA NI UNA PIZCA!

ANNA NO PUEDE **VOLAR**.

NI HACERSE INVISIBLE.

NI CON SU MENTE LAS COSAS **ADIVINAR**.

HACE **MALABARES** CON MUCHA GRACIA,
PERO ESO NO ES HACER **MAGIA**.

ELSA ESTÁ TRISTE, PORQUE NO HAN DESCUBIERTO LOS PODERES DE SU **HERMANA**. ANNA LE DICE:

– NO PASA NADA, LO VOLVEREMOS A INTENTAR **MAÑANA**.

– ELSA, ¿Y SI HACES UN **TOBOGÁN** DE HIELO?

LOS OJOS DE ELSA EMPIEZAN A BRILLAR.

EL PODER **MÁGICO** DE ANNA
ACABA DE AVERIGUAR.

ANNA TIENE EL **PODER**
DE DEJAR VOLAR SU **IMAGINACIÓN**.

Y GRACIAS A ESE GRAN **DON**
ELSA Y ANNA SE **DIVIERTEN** UN MONTÓN.

PALABRAS MÁGICAS PARA APRENDER

ESTAS PALABRAS APARECEN EN EL LIBRO.
¿TE ACUERDAS DE ELLAS?

VAMOS A DECIRLAS EN VOZ ALTA...

¡Y JUGAR CON SU SONIDO!

1. ELIGE UNA PALABRA DE LAS QUE VES.
2. DI LA PALABRA CON UNA VOZ DIFERENTE:

DE MAGO · DE OSO · DE PÁJARO

3. HAZ MÍMICA CON CADA UNA DE LAS PALABRAS.

¡HAS APRENDIDO TODAS LAS PALABRAS MÁGICAS!

¿CUÁL TE HA GUSTADO MÁS?

VOLAR

PODER

HABLAR

ESCONDITE

TOBOGÁN

ADIVINAR

EMOCIÓN

MAGIA

NIEVE

PÍO-PÍO

MUÑECO

HERMANA

TARTA

MALABARES

SECRETO

OSO

VERANO

FUEGO

ARBUSTOS

HORMIGUEO

DON

IMAGINACIÓN

ANIMALES

MANOS

ACTIVIDADES

1 ANNA Y ELSA HACEN BOLAS CON LOS COPOS DE NIEVE.

DIME CUÁNTOS COPOS HAY AQUÍ Y SEÑÁLALOS CON EL DEDO DE MAYOR A MENOR.

2 LOS ANIMALES

ANNA SE HA ESCONDIDO EN EL JARDÍN, PERO ELSA NO LA ENCUENTRA. ¡HAY DEMASIADOS SETOS CON FORMA ANIMAL!

NOMBRA TODOS ESTOS ANIMALES. **¿TRAS CUÁL DE ELLOS SE HA ESCONDIDO ANNA?**

¿YA TIENES TODOS LOS LIBROS DE LA COLECCIÓN?

¡ESTE YA LO TENGO!

cliper

CON LETRA
MAYÚSCUL